KB118204

구구

고영민 시집

문학동네시인선 073 고영민

구구

시인의 말

가질 수도 버릴 수도 없는

2015년 10월
고영민

차례

2부 씨앗이 흙과 어울릴 무렵이었다

3부 울면서 옛날의 얼굴로

4부 가슴에 매미 브로치를 달고

1부

어디까지 와 있는 걸까

식물

코에 호스를 꽂은 채 누워 있는 사내는 자신을 반쯤 화분에 묻어놓았다 자꾸 잔뿌리가 돋는다 노모는 안타까운 듯 사내의 몸을 굴린다 구근처럼 누워 있는 사내는 왜 식물을 선택했을까 코에 연결된 긴 물관으로 음식물이 들어간다 이 봄이 지나면 저를 그냥 깊이 묻어주세요 사내는 소리쳤으나 노모는 알아듣지 못한다 뉴스를 보니 어떤 씨앗이 700년 만에 깨어났다는구나 노모는 혼자 중얼거리며 길어진 사내의 손톱과 발톱을 깎아준다 전기면도기로 사내의 얼굴을 조심스레 흔들어본다 몇 날 며칠 병실 안을 넘겨다보던 목련이 진다 멀리 천변의 벚꽃도 진다 올봄 사내의 몸속으론 어떤 꽃이 와서 피었다 갔을까 병실 안으로 들어온 봄볕에 눈꺼풀이 무거워진 노모가 침상에 기댄 채 700년 된 씨앗처럼 꾸벅꾸벅 졸고 있다

구구

비둘기가 울 때마다 비둘기가 생겨난다

비둘기는 아주 오래된 동네
텅 빈 동네

학교를 빠져나와 공중화장실에서
긴 복대를 풀어놓고
숨죽인 채 쌍둥이 사내애를 낳고 있는
여고생
빈 유모차를 밀며 공중화장실 옆을 지나는
할머니 머리 위

비둘기는 비둘기를 참을 수 없다
밀려오는 요의(尿意)처럼
누군가는 비둘기를 속속들이 알고 있다

비둘기가 비둘기에게 물을 붓는다
비둘기는 꺼질 리가 없다

가질 수도 버릴 수도 없는 비둘기가 연신
비둘기를 뱉어낸다

개가 사라진 쪽

그림자가 생기는 이유는 뭘까
불붙은 개는 저쪽에서 달려올 테지

댓잎이 나오는 지금쯤
어린 장어는 강에 오르고
열세 명이나 들어가던 늙은 팽나무엔 연초록 새잎이 돋고
발목에 가락지를 채워 보낸 새는
다시 돌아오고

누가 개에게 불을 붙였나
달려도 달려도 불은 떨어지지 않고 개는
무작정 또, 달리고

나는 언제부터 지루해졌을까
차량 정비소로 뛰어든 개는
결국 건물 한 동을 홀라당 다 태울 텐데
그사이 봄은 여름에게 저녁은
밤에게 몸을 내어주고

개가 전속력으로
개로부터 빠져나가는 저녁
아무리 도망쳐도 너를 위한 몸은 없다고
모든 그림자는 가장 길게

자신으로부터 빠져나오는데

나는 우두커니
개가 사라진 쪽을

어깨에 기대왔다

얕은 물에 오른
은어떼가
부챗살처럼 사방으로 흩어지고

그중 나는 하나를 골라
뒤를 쫓았다

내가 지칠 쯤
은어도 지쳤다

은어 옆에 살며시
막대기를 대어주면
은어는 자신이 잡히는 줄도 모르고
수박 향이 나는 지친 몸을
장대 한쪽에
기대왔다

중년(中年)

거울을 보는데 내 얼굴에서
아버지가 보였다

중년이라고
중얼거려보았다

어제는 초등학교 동창 모임이 있어
약속 장소에 나가보니
옛 친구는 하나도 보이지 않고
친구의 아버지, 어머니 들이 고스란히 불려나와
그 자리에 앉아 있었다

아내는 내가 아닌,
아버지를 부축했다
잠결엔 아버지가 내 아내의 몸을 더듬었다

죽은 아버지가 내 집 베란다에서
담배를 피우신다

공

야구방망이가 공을 숲으로 던져버렸네 공은 허공을 멀리 날아 숲으로, 숲의 덤불 속으로 박히고 한 아이가 공을 쫓아 숲으로, 숲의 덤불 속으로 뛰어가 낙하지점을 가늠하여 숲 덤불을 뒤적이기 시작하네 아이들은 우두커니 한 아이가 숲에서, 숲의 덤불 속에서 공을 건져오길 기다리고 한참을 기다려도 아이는 덤불을 뒤적일 뿐 공을 찾아 머리 위로 흔들어 보이지 않았다네 모두가 숲으로 우르르 몰려갔지 하지만 아무리 샅샅이 뒤져도 공은 끝끝내 발견되지 않고 한 명씩 두 명씩 날 저문 얼굴로 숲을 나와 낡은 야구 글러브와 방망이를 챙겨 집으로 돌아가버리면 공은 그제서 숲의 덤불 속에서 또르르 굴러나와 한참을 웃다가, 웃다가 다시 숲의 덤불 속으로 천천히 기어들어가 우리가 어른이 될 때까지 비 맞고 눈 맞고 그 자리에 꼭꼭 숨었다네…… 숨는다네

나비

불을 아무리 지펴도
바닥이 따뜻하지 않던

지난겨울
고양이가 아궁이 속으로 들어가
새끼를 낳았다

봄날 어느 저녁엔
너 부르는 소리,
나비야

재를 긁어내면
캄캄한 아궁이 속에서
죽은 새끼 고양이 울음소리가 타닥—타닥
꽃그늘 아래로
기어나왔다

버찌의 저녁

　그때 허공을 들어올렸던 흰 꽃들은 얼마나 찬란했던가 꺼지기 전 잠깐 더 밝은 빛을 내고 사라지는 촛불처럼 이제 흰 꽃의 흔적은 어디에도 없다 다만 그 자리에 검은 버찌가 달려 있을 뿐이다 가장 환한 것은 가장 어두운 것의 속셈, 버찌는 몸속에 검은 피를 담고 둥근 창문을 걸어잠근 채 잎새 사이에 숨어 있다 어떤 이는 이 나무 아래에서 미루었던 사랑을 고백하고 어떤 이는 날리는 꽃잎을 어깨로 받으며 폐지를 묶은 손수레와 함께 나무 아래를 천천히 걸었을 터, 누구도 이젠 저 열매의 전생이 눈부신 흰 꽃이었음을 짐작하지 못한다 지났기에 모든 전생은 다 아름다운 건가 하지만 한때 사랑의 이유였던 것이 어느 순간 이별의 이유가 되고 마는 것처럼 찬란을 뒤로한 채 꽃은 다시 어둠에서 시작해야 한다 흰 꽃은 지금 버찌의 어디까지 와 있는 걸까 그리고 저 버찌의 오늘은 얼마나 검은가

라일락 그녀

멍이 잘 드는 여자가
슬쩍 부딪쳐도 쉬이 멍이 드는 여
자가,
술 취하면 혀 고부라진 소리로
베사메 무초를 잘 부르던 여자가
겨드랑이에선 늘 리라꽃 향기가 나는 여자가
가끔 아들한테도 얻어터지는 여자가
눈두덩, 팔, 다리 이곳저곳 멍이
든 여자가
온종일 누워 얼굴에 계란을 굴
리는 여자가
부부싸움을 하고 홧김에 불을 지른 여자가
거실에 수북이 옷가지를 쌓
아놓고 너 죽고 나
죽자고 불을 붙인 여자가 연기가 치솟자 덜
컥 겁이나 집밖으로 쫓겨나
온 여자가
축대 위 맨발로 서서 제 집이 활활 타
는 것을 동동, 울면서 쳐다보
고 있는 여자가

정물

수수밭 한가운데
죽은 매 한 마리가
덜렁 하니 장대 끝에 묶여 있다

내달아 풍경을 낚아채던
발톱이 온데간데없다

이울어진
바람 한 구비에 걸터앉아
몸이라는 것이 이만큼은 겨루어야
끝장나는 거라며
매 한 마리가 껍질을 뒤집어쓴 채
붉은 수수 알의 눈으로
하루 종일
새를 쫓는다

화전민

　그가 처음 불을 지른 곳은 자신이 일했던 정비 공장이었다
사장이 월급을 주지 않자 그는 앙심을 품고 그곳을 찾아가
몰래 불을 질렀다 술을 마시면 자꾸만 불을 지르라는 환청
이 들렸다 평생 숯을 굽고 화전을 일궜던 아버지 목소리였
다 그는 들풀과 잡목이 우거진 야산 대신 밤마다 주택가를
돌며 차량에 불을 질렀다 어느 겨울엔 너무 추워 교도소에
들어가려 교회와 지하상가에 불을 질렀다 그는 밤마다 부지
런히 이곳저곳을 태웠다 그리고 검게 타버린 자리에 손바닥
만한 밭을 일구어 옥수수 씨앗 같은 불씨를 심었다 아무리
기다려도 화전엔 싹이 오르지 않았지만 그의 품속엔 여전히
일회용 라이터가 있었다

사과

나는 자꾸 빨개진다
누가 조금만 뭐라 해도 빨개진다

나는 정말 사과를 빠져나올 수가 없다

사과를 먹어본 기억이 언제인지 모르겠지만
여전히 눈 감으면 뻘뻘
식은땀 흘리는 사과

사과는 빨개도 너무 빨갛다
피가 담긴 열두 개의 유리병처럼

사과를 꼭 움켜쥔 채 나는
더 빨간 사과를 본다
오늘도 우리집 과수원엔
수백, 수천의 사과들이 어지럽게 흩어져 있고
애초에 사과가 존재하기는 했던 걸까

나는 사과를 믿어야 한다
사과보다 더 사과 같은

모든 것을 알고도 사과는 여전히 빨갛다
두근거릴 때마다

사과는 공중에 사뿐히 떠오른다

문어

문어 한 마리를 사가지고
어머니를 찾아간다
가자, 문어야
엉금엉금 문어가 기어온다
시외버스를 타고 등받이를 뒤로 젖힌 채 누워
나와 문어는 어머니에게로 간다
내가 어쩌다 이 아랫녘,
호미(虎尾)의 바닷가까지 쫓겨 내려와 살게 되고
어머니는 고향도 아닌 첩첩 두메에
늙은 몸을 두게 되었나니
나와 문어는 휴게소에 들러 오줌을 누고 요기를 하고
다시 버스에 올라 어머니에게로 간다
문어는 옆에 앉아 내내 꾸벅꾸벅 존다
실컷 자거라, 문어야
바다 꿈을 꾸어라
이제 너는 돌아가기엔 너무 멀리 와버렸고
차고 깊은 바다가 아닌
큰 솥에 넣어 삶아져야 할 터
솥뚜껑 사이 너는 필사적으로 다리를 내밀 테지
그 위에 올라타 나는 힘껏 누를 테고
천천히 네가 솥 안으로 주저앉을 때
솥뚜껑 위의 나도 함께 조금씩 내려앉겠지
버스는 꽃 피는 이 마을 저 마을을 돌아 내달리고

축축한 문어의 어깨에 기대어
나도 함께 꾸벅꾸벅 존다
가자, 문어야
펄펄 끓는 내 늙은 어머니에게로

지난겨울 죽은 새를 묻어준 곳에
어린 딸과 함께 가보았다

나무 십자가 옆에 민들레가 피어 있었다
새는 왜 한자리에 붙박여 살기로 결심했을까
딸애는 감쪽같이 속았다
조금 더 지나면 민들레가 커다란 새를 이고 서 있을 테지
딸애는 새를 멀리 날려주고 싶다고 했다
하지만 우리는 날아가지 못할 정도로 새를 꼭 쥐고 있었다
노란 꽃은 노란 것의 죽음을 밟고
서 있는 자리
민들레에서 민들레까지의 거리는
얼마나 멀까

노란 무덤 속의 무덤들
오는 길엔 한 구석의 새를 담고 있는 민들레가
지천으로 피어 있었다

여름의 끝

고추장 단지가
쭈그리고 앉아
먹은 것을 붉게 게워내고 있다

작작 쳐먹어라
이년아

가는 금이 간 그녀의 입에서
고두밥 짓는 냄새가 난다

명랑

나는 내가 좋습니다 당신도
당신이 좋습니까

낮에 당신은 당신에게 뭐라 말합니까
밤에 당신은 당신에게
뭐라 말합니까

오늘 당신에게 내 생각이 잠깐
다녀갔습니까
오늘 나에게 당신 생각이
잠깐 다녀갔습니까

자기 꼬리를 물려고 빙글빙글 도는
강아지처럼
어둔 하늘 아래 천천히 시드는
방앗잎들처럼

가볍게 오고 싶지 않습니다 가볍게
가고 싶지 않습니다

정말입니다
나는 내가 좋습니다 당신도
당신이 좋습니까

거울의 뒷면

온천장의 유리는 안에서는 밖이 보이지만 밖에서는 안이 보이지 않는 특수 유리였다 시선(視線)이 밖으로만 향해 있었다 추워 잔뜩 옷을 껴입은 사람들이 지나다니는 한복판에서 나는 발가벗고 목욕을 즐겼다 가끔 여자들이 창에 다가와 빼꼼히 안을 들여다봤지만 그녀들은 이 안을 들여다보는 것이 아니라 오로지 자신을 들여다보는 것임을 알았다 하지만 나는 완전히 벗고 있었으므로 매번 마주치는 시선에 움찔하곤 했다 나는 탕 주변을 맴돌며 그녀 앞에 커다란 성기를 내놓고 비누칠을 하고 헛구역질을 하면서 오래오래, 구석구석 양치질을 했다 한 여자가 입술을 묘하게 일그러뜨리며 새로 화장을 고치는 동안, 안에서 보는 밖은 늘 너무 밝고 바깥에서 보는 안은 늘 너무 어두워져 나는 더듬더듬 내 몸을 만져 씻는 동안에도 나를 볼 수 없었다 그녀는 한참 동안 나를 집요하게 쳐다보았다 하지만 끝내 한 번도 나를 쳐다보지 않았다 다가가 닫힌 시선을 두드릴까? 열어주세요, 열어주세요, 이것은 감시도 처벌도 아무것도 아니에요! 그녀는 눈이 휘둥그레져 달아나고 다시 몇 명의 여자가 캄캄한 안을 들여다보는 척하면서 자신을 유심히 들여다보다가 사라지곤 했다 그사이 나는 내 의지와 상관없이 두 번씩이나 잔뜩 발기를 했고 다시 원상태로 돌아왔다

봉지 쌀

벚나무 밑에 꽃잎이 하얗게 쏟아져 있다
봉지 쌀을 사오던 아이가 나무 밑에 그만 쌀을 쏟은 것
만 같다
아이가 주저앉아 글썽글썽 쌀을 줍는 것만 같다
집에는 하루 종일 누워만 지내는 병든 엄마가 있을 것만
같다
어린 자식들에게 아무것도 해줄 수 없어
속이 썩을 대로 썩은 늘 우는 엄마가 있을 것만 같다
배고파도 배고프다고 말하지 않는 착한 동생들이 있을 것
만 같다
날 저무는 문밖을 내다보며 그저
왜 안 오지? 왜 안 오지?
중얼거리고 있을 것만 같다
벚나무야, 내게 쌀 한 봉지만 다오
힘껏 나무를 발로 차본다
쌀을 줍고 있는 아이의 작은 머리통 위로
먹어도 먹어도 배부를 리 없는 흰 꽃들이
하르르, 쏟아진다

출산

화구(火口)가 열리고

어머니가 나왔다

분쇄사의 손을 거친 어머니는

작은 오동나무 함에 담겨 있었다

함은 뜨거웠다

어머니를 받아 안았다

갓 태어난 어머니가

목 없이 잔뜩 으깨진 채

내 품안에서

응애, 첫울음을 터뜨렸다

2부

씨앗이 흙과 어울릴 무렵이었다

무지개

화단의 칸나가 칼집에서
천천히 칼을 뽑는다
칼집엔 번개와 구름 문양이 있다

유리창에 새가 부딪친다

아까부터 창밖을 서성이는 남자는
오직 자신의 의지와 힘만으로 공중에 머물러 있다
두 그루 나무 사이에서
붕 뜬 상태로

교복을 입은 십대 남녀가
입을 맞추며 서로의 옷 속에 손을 집어넣는다

유리창에 또 새가 부딪친다

수백 개의 환부를 가진
유리창 너머
죽은 새를 수거해가는 저녁 비를 뚫고
더 단단한 새가 지나간다

가장 오래된 기억

고양이는 죽을 때가 되면
갑자기 사라진다지
코끼리도 죽을 때가 되면 홀로
먼 길을 떠난다지
오리는 태어나서 처음 본 것을 죽을 때까지
쫓아다닌다지
낙타는 사막에 살았던 게 아니라지
일부러 뜨거운 사막으로
건너간 거라지
닭은 말이지 쥐가 항문을 간질이면
까무룩 잠이 든다지
내장을 파먹혀도 모른 채
횃대 위에서 음(音)이 빠져나가, 숨이 빠져나가
영영 잔다지

생일

내 초를 기울여 네 초에 댔네
하나의 불이 둘이 되었지
이는 둥그렇게 모여 박수 치며 축하할 일

노래를 불러주었네
추어올릴 수 없어
촛농은 아래로 흘러내리지

흐르는 촛농을 멈추게 하려면
훅 불어 재빨리 촛불을 꺼버리는 것
입을 모아 우리는 하나, 둘, 셋
촛불을 불어 껐네

흐르던 그대로
촛농은 천천히 굳어지고

박수 소리와 함께
세상은 잠깐 더 캄캄해지고
촛농은 이미 딱딱하게 굳어 있고
생일은 어떻게 만들어지나
케이크처럼, 촛농처럼

꽂아놓은 초를 차례차례 뽑고

검은 케이크를 갈라 한 쪽씩
달게 나누어 먹었네

모과나무는 다만 한 사람을 기억하고

모과나무를 켠다
발밑에 조금씩 여린 톱밥을 뱉어내는
모과나무야

순간, 죽은 나무는 지그시 톱날을 문다
어금니 위
천만 톤의 바람과 꽃이 얹히고
여름내 나무를 껴안고 울어대던
천만 톤의 목청
늦가을 풋모과의 검은 심지에 노란 불을 밝히고 가던
차고 작은 빗방울과
북쪽에서 오던 눈발들
죽은 새들
겨울의 흰빛과 저녁의 냄새
휘어진 왼쪽 가지에 목을 매달았다는
집주인의 몸무게와 우울증,
검은 알약
지구의 중력이 차례로 얹혔다

더이상 나무를 켤 수도
톱을 뺄 수도 없었다

구더기

그녀는 자신의 죽음을 알리기 위해
혼신의 힘으로 부엌 쪽 창문을 향해
기어갔다

사람들은 얼마 전부터
그녀의 집 창문을 통해 자꾸만
1층 주차장에 구더기가
떨어진다고 했다

봉천동엔 비가 내리는데 장승배기엔 눈이 온다

　이른 아침 양배추 쌈에 밥을 먹고 나간 것이 그의 마지막
모습이었다 어느 때와 마찬가지로 잠들어 있는 어린 두 딸
을 잠깐 내려다보았다 누가 끼어들겠다고 깜빡이 신호라도
보낼라치면 그는 오히려 속도를 더 높였다 이면도로 옆 오
르막길에 그는 1톤 생수 화물차를 세워놓고 뒤쪽에 있다가
밀려내려오는 자신의 차를 보고 붙잡아 세우려다 뒷바퀴에
깔리고 말았다 기울어진 물, 차가 멈춰 선 지점의 아래에는
젖은 사거리와 횡단보도가 있었다 그가 바퀴 지지대가 된
덕분에 더이상 차는 흘러내리지 않았다

벚꽃 활짝 핀 어느 봄날에

저어…… 선생님!
저 말씀이십니까?
예……
무슨 일이신지……?
저어……
선생님, 하느님 믿고, 구원 받으시고
천당 가세요

할머니가 멀어져간다
꽃 터널을 걷는데 처음으로
천당에 가고 싶어졌다
벚꽃 활짝 핀
어느 봄날이었다

풀도 나무도 아닌 넝쿨

아내와 전화 통화를 하다가
뭔가 이상해 확인해보니
번호 하나가 틀렸다
1분여 동안 남의 집 여자와 아내인 양 통화를 했다

오늘 늦는다고
왜 그 시간에 거기에 있냐고
옆집에 도둑이 들었다고
화분 하나를 샀다고
저녁엔 뭘 해 먹어야 하냐고

남편처럼 아내처럼 한참 동안 얘기를 나눴다
황망히 전화를 끊고 핸드폰을 손에 쥔 채
한참을 웃었다
창밖으로 주렁주렁 보랏빛 등꽃이 보였다
좀더 다정하게, 진하게
말할걸
오늘 한번 할까?

멀리 그쪽에서도 까르르 웃음소리가 들렸다
그녀와 새로 산 꽃 화분과
좀도둑의

필라멘트

어머니는 나를 낳기 전
불덩이를 낳는 꿈을 꾸었다지
밝고 뜨거운 기억
온종일 되살아나는
내, 내 속, 흔들면 필라멘트
떨어진

소리 들린다
뱃속, 태아가 입안에 엄지손가락을 집어넣고
전원을 달게 빨고 있다
붉게 달구어진 입
꿀꺽거릴 때마다
불, 불이 들어왔다가
다시
나, 나갔다가

침투

당신은 정말 힘 하나 들이지 않고
나에게 쑤욱, 들어왔지
만조(滿潮) 때 무장한 당신을
서해가 양화대교 밑까지 단숨에 밀어보냈지
일몰 후 검은 물속에서
당신은 천천히 일어났지

내 가슴을 찔러 후빌 한 자루의 칼과
소리 안 나는 총과
난수표가 당신에게는 있었지
하지만 나는 오랫동안 당신을 조준하고 있었지

탐조등을 피해 순식간에
당신은 물갈퀴를 신은 채 나의 한복판
강둑으로 걸어나왔지

나는 당신을 조준하고 있었지
더 가까이 당신은 나를 향해 걸어오고
나는 숨죽인 채
당신을 조준하고 있었지

걸어오던 당신이 내 앞에 탕, 고꾸라지자
만조의 당신은

다친 강을 끌어안고 물목을 질러
하구 저쪽 내 손을 움켜쥔 채
끝없이, 끝없이 도주하고 있었지

구호

필리핀 정부로부터 독립을 주장하는 이슬람민족해방전선 수니파 무장 반군들에게 우리나라 구호 기관이나 선교 단체가 보내주는 옷은 큰 인기다 수류탄을 주렁주렁 매달고 있는 한 게릴라 지도자는 '개봉동 조기축구회'라고 쓰인 운동복 차림이다 그 옆에 심각한 표정으로 M16 유탄발사기를 들고 있는 사람은 '안전 제일'이라는 한글 구호가 큼직하게 박힌 모자를 쓰고 있고, 또다른 무장 반군은 '서울 검찰청 녹색 어머니회'라고 인쇄된 여성용 의류를 입고 있다 그들 뒤로 맨몸의 검은 그림자가 길게 함께 서 있다 아무런 글씨도 없는 민소매의 청년이 갑자기 우리를 향해 손가락질을 하며 걸어나왔다 영문을 알 수 없었다 멀리서 다시 총성이 들렸다

지네

여학생 기숙사엔 지네가 많았다

샤워실에서 양치를 하다보면 다리를 타고
올라오기도 했다

피냄새를 맡고

온다고 했다

누수

전화를 받으니
다짜고짜 울음소리
누구냐 무슨 일이냐 물어도 대답이 없다
수화기를 내려놓고 나서도
다독일 수 없는 이 울음소리는
옛 애인의 늦된 기별 같기도
국화 한 송이 내려놓고 가는 어떤 조문 같기도 한데
누굴까 한밤중 전화를 걸어 추적추적
빗소리처럼 울다 간 이는
출출한데 라면이나 하나 끓여 먹을까?
아닌 밤중에 뜬금없이
이런 민망한 대답은 오고
울음소리는 마치 오래전부터
나에게서 새고 있었던 것 같아
냄비에 물을 올려놓고
솟아오른 파란 가스 불빛을 망연히 쳐다보는
밀어내도 돌려세워도
후루룩, 후루룩
그냥 한참 울다 가야 할 것들

수컷

따개비는 수컷이 아주 작아져
기생충처럼 암컷의 몸속에 붙어 있는데
생식기만 남고 대부분 퇴화됐다
각다귀는 암컷이 수컷을 사냥한다
긴 주둥이를 수컷의 이마에 쑤셔넣고 먹는 동안
수컷은 자신의 생식기를 암컷에게 붙인다
암컷이 수컷의 몸을 다 빨아먹어도
생식기는 그대로 붙어 있다
아텔로푸스 속(屬) 개구리 수컷은
암컷에게 한번 달라붙으면 최장 6개월 동안
그 자세를 유지한다
자신이 정조대가 되어 다른 수컷의
접근을 막기 위해서다
두더지와 들다람쥐 수컷은 생식기 분비물을 이용해
실리콘처럼 암컷의 생식기를 틀어막는다

나는 이제 없어져도 괜찮다

비단잉어

마당 한쪽에 허리 깊이까지
구덩이를 파고 물을 채웠다
몇 날 며칠 흙물을 눕혀 가라앉길 기다렸다

먼저 물에 들어온 건 하늘이었다
그다음 비단잉어 일곱 마리, 애기부들과
물배추가 들어왔다
수련이 조금 늦게 들어왔다
비단잉어 일곱 마리는 천천히
물을 몰고 다녔다
가끔씩 물 위에 먹이를 뿌려주었다
목을 쭈욱 빼고 얼굴을 비춰보기도 했다
얼마 후 약속이나 한 듯 비단잉어 세 마리가
물 위에 떠올랐다
며칠 후 다시 두 마리
또 한 마리, 한 마리가 떠올랐다

연못가에 와 앉아 있는 일이 잦아졌다
큰물이 다녀갔다
허리 깊이까지
물의 마음이 생기고 있었다
물의 꽃이 피기 시작했다

철책선

155마일 비무장지대 3중 철책선이
밤사이에 뚫렸다
마음이 휑하다
몸 하나가 아프게 빠져나간
그 ㅁ의 구멍
진돗개 하나를 발령하고
대대적인 수색과 검문검색을 벌였다
월북인가, 월남인가
정확히 발자국은 남에서 북으로 찍혀 있다
하지만 오늘도 무장공비 하나가
신발을 거꾸로 신은 채
어둠을 타고 내려오고 있다
손을 안쪽으로 밀어넣어
반대 방향에서 나를 끊는다
보이지 않지만 들려오는 저 발소리
흔적은 달아나지만
너는 여전히 나를 향해 오고 있다
조준된 총구가
너, 이남(以南)의 나를 겨냥한다

아버지를 기다린다

옆에서 소변을 보던 아버지가
내가 손을 씻고 머리를 매만질 때까지
아직도 그 자리에 서 있다

요즘 들어 나도 점점 무언가를
끊는 게 힘들어졌다
털고 뒤돌아서면 그만이던 것이
이젠 뒤돌아서도 영 뒤가
개운찮다

술을 먹어도, 글을 써도, 사람을 만나도
뭔가 할말을
다 못 하고 나온 것만 같다

휴게소 화장실 소변기에
젊은것들이 시원하게 오줌을 갈긴다
다시 그 자리에 다른 사람이 와
볼일을 보는 동안에도 나는 여전히
그 자리에 서 있다

아버지를 기다린다

첫사랑

바람이 몹시 불던
어느 봄날 저녁이었다

그녀의 집 대문 앞에
빈 스티로폼 박스가
바람에 이리저리 뒹굴고 있었다

밤새 그리 뒹굴 것 같아
커다란 돌멩이 하나 주워와
그 안에
넣어주었다

고영민

행랑에 들창문이 줄줄이 붙어 있던 홍등가 2층 슬래브 건물, 그날 내가 만난 짝은 쇼를 하는 앳된 창녀였다 그녀는 우리들 앞에서 그곳으로 담배를 피우고 나팔을 불고 화살촉을 쏴 멀리 있는 색풍선을 맞혀 터뜨리고 동전을 원하는 숫자만큼 그곳에서 떨어뜨렸다 "세 개" 하면 세 개를 떨어뜨리고 "다섯 개" 하면 다섯 개를 떨어뜨렸다 마지막엔 그곳에 붓을 꽂아 이름을 써주었다 간직하고 있으면 세상에 이름을 떨칠 거라 했다 쇼가 끝나고 나는 그녀를 따라 쪽방으로 갔지만 옷을 벗을 수가 없었다 대신 그녀는 몸을 만져도 된다며 제 옷 속에 내 손을 넣어주었다 몸이 뜨거웠다 씨앗이 흙과 어울릴 무렵이었다 군복 안주머니엔 삐뚤빼뚤 그녀가 온몸으로 써준 **고영민**, 내 이름 석 자가 있었다

새조개

껍질을 깨지 못한 새들은 모두 바다에 버려졌다고

새가 되다 만

연한 부리를 가진 것이
날개 없이 지저귐 없이
새라는,
조개라는 이름으로

쪼아도 끝내 깨지지 않던
딱딱한 제 껍질을 접시 삼아
올려져

죽어서도 새가 되지 못하는
엿볼 수도 없는

새가 된다는 것은
어떤 느낌일까

기념탑 근처

물앵두가 익는다
꽃이 피어난 만큼 앵두는 벙어리처럼
익어가고

앵두꽃이 언제 피기는 했었나
물앵두가 익을 무렵
우리는 벌써 앵두꽃을 잊네

맨 처음 꽃을 보고 열매를 본 이여
물앵두는 어떤 맛

비이슬은 먼저 물앵두의
단맛을 훔쳐가고
빛깔을 훔쳐가고

한 바구니 흰 꽃을 팔아 붉은 열매를 얻은 우린
물앵두가 익었다는 사실도 모른 채
초여름을 맞고
몸에 비해 큰 씨앗을 품은 열매는
꽃을 내려놓고
기억하는 이에게나 겨우 한 손
그 무른 맛을 전해주고

혼자 사는 개

갈비뼈가 고스란히 드러난
고독한 개가 있지

고독하다는 것은 독한 것
물에 비친 제 그림자를 향해
컹컹 짖는
제 이빨로 제 살을
꽉 물고 있는

한때 저 개에게도 주인이 있었지
아침이면 밥그릇에
한 가득 사료를 부어주던,
조이삭 같은 꼬리를 찰랑찰랑 흔들게 하던,
이름을 부르며 불러들이던

메리! 해피!

누가 불러도 쳐다보지도 않는,
붉은 맨드라미 옆을 지나
매미 우는 회화나무 밑을 지나
갈 데도 없으면서 어딘가로 가고 있는
혼자 사는 개가 있지

3부

울면서 옛날의 얼굴로

새

어미는 그냥 이쪽에서 저쪽으로 후르륵 날아간다
그리고 기다린다
계속 기다린다

새끼도 날아본다

노을

아직 아궁이 불김에
밥 짓는 부뚜막이 거기 있다고
찌그럭, 돌쩌귀에 붙은 나무 문 여는 소리

불 담을 두드리던 계집은
신발 벗고 부뚜막에 올라
걸레질을 하고

시렁 위엔
덜고 더할 것 없는 담결한
소용들

조금만 더 기다리면 초피잎, 머위 쌈에
밥 한 그릇 얻어먹을 수 있을 시간

울면서 노을을 날아가는
저녁 새들

남향집

대문 옆에 아이들이 서 있다
조금 떨어져 방한모를 쓴 노인이 서 있다
노인 옆엔 지게가 비스듬히 서 있다
그 밑에 누렁이와 장화가 서 있다
아무것도 하지 않고 그냥 서 있다
일제히 마늘밭을 쳐다보고 있다
반짝반짝 살비듬이 떨어지고 있다
남향집을 비추는 빛은 서 있는
아이들의 입속과 노인과 개의 입속,
검은 장화 속에서도 환히
빛나고 있다

밤 벚꽃

꽃이 활짝 피었다는 소식을 듣고
일부러 며칠을 더 지체했습니다

당신을 업고
천변에 나옵니다
오늘밤 저 꽃들도 누군가의 등에
얌전히 업혀 있습니다
어둠 속에서 한 나무가 흘러내리는 꽃을
몇 번이고
추슬러올립니다

무거운데
이젠 나 좀 내려다오, 아범아
내려다오

피어 있을 때보다
떨어질 때 더 아름다운 꽃이 있습니다

당신을 업고 나무에 올라
풀쩍, 뛰어내렸습니다

개 줄

한나절 개를 따라 나와 있던

개 줄이

개집 안으로 들어가 있다

개는 컴컴한 자기 집에 들어가 보이지 않고

마당 끝, 개 줄만 덩그마니 보인다

하루 종일

개를 움켜쥐고 있던,

그 막다른 길의 팽팽한 반경(半徑)이

개를 따라 고단한 듯

슬쩍, 손목을 풀어놓은 채

과거

꽃이 피면 꽃이 핀다가 아니라 눈이 내린다고 말하는 마을이 있다

꽃이 지면 꽃이 진다가 아니라 눈이 그친다고 말하는 마을이 있다

그 마을의 오래된 아낙들은 꽃이 필 즈음, 아니 눈이 내릴 즈음

장독 위의 숫눈을 털고

쓰쓰쓰, 입소리를 내며 장독을 닦고

겨우내 닫아놓았던 독을 열어 하늘과 제 얼굴을 비춰 보면서

하얀 웃소금을 그 위에 한 번 더 쳤다

반쪽 몸

저녁이면 오는 몸이 있다
들녘에 나갔다가 힘이 빠진 채 돌아오는 아버지처럼
걷어올린 바짓자락 그대로
종아리에 풀씨를 붙인 채
젖은 발소리로 오는 몸이 있다

싸리나무 숲속으로 까무락자드락 새어나오는 불빛
올봄 마당가에 새로 맨 빨랫줄처럼
허공에 줄 하나를 휙 그으며 오는
팽팽한 줄 위의 굴뚝새처럼 오는

아주 긴 시간 동안 혼자 마르다
바닥에 떨어진 빨래처럼
오다가 말다가
오다가 말다가
다시 어김없이 오는 몸이 있다

어스름 녘 감나무에
호미를 걸어놓고
빨래를 주워 툭툭 털며 들어오는 어머니처럼
흰밥을 이고 오듯
머릿수건을 쓰고
허청허청 문을 밀며 끼니처럼, 허기처럼 오는 몸이 있다

아가야, 이제 그만 놀고 들어와 저녁 먹어라
멀리서 들려오던 크고 아득한 말씀처럼
오는 몸이 있다

종이 등

초파일도 한참 지난 여름 한낮에
불구점에 가서 종이 등 하나를 사와
문간에 내걸었다

한철 꽃이 피었다 지고 난
그것도 무더운 한여름에 종이 등은 늦게 핀 여름 꽃처럼
내린 빛을 환하게 밝혔다

누가 저 종이 등을 보겠는가
종이 등은 걸려 있고
누가 보아주리라고는 애시당초 생각지도 않은 채
여름 꽃은 피어 있고

여름과 가을 사이,
절뚝절뚝 목발을 짚고 왔던 이
온다 간다 말도 없이 여름은 또 갈 것이고
꽃나무 밑에서 나는 두 빛깔의 뱀을 잡아
저 등을 항아리 삼아
독한 술을 담글 터이니
어둠을 돋워 스스로 문을 잠그는 저녁
누구 하나 돌아오지 않는, 들이지 않는 문간엔
독 오른 종이 등만
똬리를 튼 채
걸려

오디

오디 철에는 새들도 오디 똥을 싼다
덜 익어 불그스름한 건 새콤하고
검붉은 오디는 다디달다
뽕나무 밑의 풀들은 잔뜩 밟혀 있고
잘 익은 오디를 따먹기 위해 더 높은 가지를 당기다가
미끄러졌는지
비탈의 흙은 움푹 패어 있다

하루해가 산 넘을 준비를 하고 있다
오디 빛 서녘 하늘로 오디를 배불리 먹은 새들이
찍찍 오디 똥을 싸갈기며 난다

얼마나 달았을까
어스름 녘, 손과 부리와 뱃속이 온통 오디 빛이 되어
이 산을 내려갔을 사람은

나도 내일 아침엔 새처럼 검은
오디 똥을 쌀 것이다

반가사유

가족을 찾는 TV 프로그램을 보면서
사연을 듣고 있다보면
왜 모두 내 얘기 같지?
헤어진 적이 없는 내가 가족과 헤어졌고
손을 놓친 적이 없는 내가
손을 놓쳐버린
기억을 더듬어 커다란 도화지에 그려 나온
네가 살았던 마을
마을 뒤로 기차가 지나가고
담배밭 너머 다리 건너엔 방앗간이 있었다는
그곳, 붉은 함석집
나도 살았던가
왜 모두 다 내 얘기 같지?
방송국으로 한 통의 전화가 걸려오고
정말 미숙이 맞니?
등에 커다란 점?
맞아요, 맞아요
왜 나만 두고 가버렸어, 엉엉 울면서 따질 때
아직도 나는 그곳에서
옛날의 얼굴로
울면서 옛날의 얼굴로

꽃나무를 나설 때

산길에 혼자 피어 있던 개살구꽃이 그새 지고 없다

갓 나온 잎새가
꽃의 얼굴을 대신해 나를 맞는다

계시냐?

찾아갔으나 만나지 못해
돌아서야 했던 저녁과
찾아왔으나
만나지 못하고 끝내 돌아가야 했던
저녁

우린 모두
아주 깨끗하고 순수했던 시절이 있었지

꽃이 가고 없어 대신
어린잎들에게 안부를 전한다

아가미 호흡

마당에서 살짝 까치발만 서도
바다가 훤히 내다보였다
검은 여 뒤로 수국 꽃송이 같은 파도들이 밀려왔다 나가
곤 했다

부석(浮石)이라는 지명처럼
바다 한가운데의 여는
밀물이 가장 많이 먹는
그믐 여섯 물에도 잠기지 않았다

매일같이 사과 과수원에서 일을 하고 돌아오는
어머니 아버지는
짠물에 젖은 채 썰물에 밀려
바닷속에서 왕매기처럼 걸어나오는 모습이었다
검은 실루엣 뒤로 붉은 해가 내려앉다가
풍덩, 바닷속으로 잠겼다

나는 바다를 향해 달려갔다
10년째 집을 지키고 있는
늙은 개 월동이도 나를 따라 달렸다
수수밭 옆을 지날 쯤
나는 언제나 호흡이 순간
바뀌는 것을 느낄 수 있었다

월동이는 벌써 물고기로 변해 있었다
나는 어머니 아버지를 향해
긴 지느러미를 흔들었다

학수

나무 위에 집이 한 채 있다

대문이 열려 있고
절름발이 아이가 걸어나오고 있다
절름발이 아이의 손에 학이 들려 있다
학을 풀어주고 있다

학은 꾸르르르 멀리서 운다

절름발이 아이가 추녀 밑에 앉아
언청이 토끼에게
민들레 잎사귀를 먹이고 있다
민들레 잎사귀가 토끼 입속으로 천천히 사라지고 있다
민들레 잎사귀를 배불리 먹은 언청이들이
깡충깡충 구름이 되고 있다

우듬지의 긴 굴뚝에서 푸른 연기가 오르고 있다

돌아오나보다

하루 종일 땅 한 번 디딘 적 없는 고공의 식구들이
먼 능선을 이고
꾸르르르 휘파람을 불며

하나 둘
빛의 속도로 돌아오고 있다

피꼬막

허리까지 푹푹 빠져드는 갯벌에서
한쪽 다리는 널배에 올리고 다른 발로는 밀면서 이동하던
껍데기에 굵은 골이 수없이 파여 있던
병이 들어 하루 종일 방에 누워 있던
입을 꼭 다문 채
햇살이 와글거리는 갯이랑만 멍하니 바라보던
위 뚜껑과 아래 뚜껑 이음에
숟가락을 들이밀어 지렛대처럼 젖히면
그제야 다문 입을 열던
울컥 피를 토하던,

내 작은 어머니

여름 빛깔

옥수수수염이 말랐다
마당의 감나무 가지가 늘어져
노끈으로 당겨 매놓았다
새끼를 낳으려는지 돼지가 하루 종일
깔아놓은 짚을 고른다
마당을 쓸고
먼지가 가라앉길 기다린다
요령을 흔드는 것 같은
여름을 건너가는 푸른 과일들
저물녘 논물의
발자국 찍힌 자리에 송사리가 모여 있다
타워 크레인, 타워 크레인
혼자 중얼거려보았다
부재중 통화가 다섯이나 찍혀 있다
개를 밀어내고 방문을
닫는다

화분

비 오는 문밖 화분 하나가 버려져 있다 흙도 없고 꽃도 없다 저 분(盆)도 한때는 환한 뿌리를 품었을 것이다 두근두근 몸속으로 잔뿌리가 번졌을 것이다 머리에 화관(花冠)을 올리고 덩실덩실 춤도 추었을 것이다 벌 나비도 불러모았을 것이다 어느 봄날엔 괜스레 속이 젖고 심장이 뛰어 잠을 설치기도 했을 것이다 문득, 제 몸이 옥(獄)이라는 것을 깨달았을 것이다 꽃대가 시들고 잎이 마르고 뿌리까지 타들어갔을 것이다 몇 번을 맥없이 까무라쳤을 것이다 씨앗을 틀며 오래 묵은 상처를 달래보았을 것이다 길고 긴 투병이었을 것이다 그리고 제 이름을 가만히 그 안에 벗어놓았을 것이다

백숙

마당가엔 라일락이 피고 뒷산에선 뻐꾸기가 울었다
볕이 좋아 아내는 이불 빨래를 널었다
병든 아버지를 위해 나는 수돗가에서 닭을 잡았다
더 마르기 전에 모습을 남겨두어야 한다며
아버지는 대문간 옆에 양복 상의만 갖춰 입고 마당으로
걸어나왔다
맨발에 슬리퍼를 신은 아버지는 웃고
백숙은 솥에서 저 혼자 끓고
─하지만 백숙은 살이 녹을 때까지 더 오래 끓이는 것
나는 아버지의 얼굴 속에 5월의 라일락과 뻐꾸기 소리,
우아하게 지붕 위로 날아오르는 구름을 담고자 찰칵찰칵
셔터를 눌렀다
그리고 모여 백숙을 먹었다

* 화가 문성식의 작품 〈6월의 뻐꾸기〉〈봄날은 간다 간다 간다〉에서
이미지를 빌려옴.

사랑

늦은 저녁, 텅 빈 학교 운동장에 나가
철봉에 매달려본다

너는 너를
있는 힘껏 당겨본 적이 있는가
끌려오지 않는 너를 잡고
스스로의 힘으로
끌려가본 적이 있는가

당기면 당길수록 너는 가만히 있고
오늘도 힘이 부쳐
내가 너에게
부들부들 떨면서 가는 길

허공 중 디딜 계단도 없이
너에게 매달려 목을 걸고
핏발 선 너의 너머 힘들게 한번
넘겨다본 적이 있는가

9월

그리고 9월이 왔다
산구절초의 아홉 마디 위에 꽃이 사뿐히 얹혀져 있었다
수로(水路)를 따라 물이 반짝이며 흘러갔다
부질없는 짓이겠지만
누군지 모를 당신들 생각으로
꼬박 하루를 다 보냈다
햇살 곳곳에 어제 없던 그늘이 박혀 있었다
이맘때부터 왜 물은 깊어질까
산은 멀어지고 생각은 더 골똘해지고
돌의 맥박은 빨라질까
왕버들 아래 무심히 앉아
더 어두워지길 기다렸다
이윽고 저녁이 와
내 손끝 검은 심지에 불을 붙이자
환하게 빛났다
자꾸만 입안에 침이 고였다

입병

입병이 나 며칠째 꿀을 바른다

내 입술은 화단에서
꼭 열 발자국

벌들은 온종일 부산스레
밀원을 오갔을 터
엊저녁엔 꿀냄새를 맡은 반달곰이
다래 덩굴을 지나 마을 입구까지
내려왔다는데

오늘도 산 너머 유채밭엔 붕붕
벌들이 오가는 소리

나는 윗입술에 커다란 벌통 하나 매달아놓고
상처 속에 들어가 안 기르던
수염이나 기를 테니

내 입병은 스무 날
쩨쩨한 좀도둑처럼 혀를 꺼내
꿀이나 핥아야 낫는 병
벌소리를 따라갔다가
터벅터벅 다래 덩굴을 지나 항문을 오므린 채

되돌아올 쯤이나
낫는 병

—

—

4부

가슴에 매미 브로치를 달고

전류가 흐르는 모기채

전류가 흐르는 모기채를 옆에 두고
아내가 자고 있다
그 옆에 딸아이가 자고 있다
전류가 흐르는 모기채는 마치
테니스 라켓을 닮았다
요즘 아내의 운동은
밤낮 저 라켓을 휘두르는 것이다
한밤중 자다가도 벌떡 일어나
허공을 향해 두어 번 라켓을 휘두른다
포핸드 스트로크, 백핸드 스트로크,
발리, 스매싱까지 이미 다 익혔다
아내의 동작은 자못 우아하다
라켓의 중앙에 맞은 공은 잠깐
파직 지지직 소리와 불꽃을 내며
상대의 코트로 포물선을 그리며 넘어간다
가끔 아내는 저 라켓으로
나방이나 파리 같은
더 큰 공을 날리기도 한다
공은 더 오랫동안 파직 지지직 소리를 내고
더 오랫동안 아름다운 불꽃을 만든다
아내는 웃는다
공은 다시 아내의 코트 구석구석을 시시때때로 공략한다
게임은 찬바람이 불어올 쯤이나 끝난다

자고 있는 아내의 팔뚝 한 곳이 빨갛게
부어올라 있다

눈의 사원

아버지가 나를 오래 쳐다본 적이 있지
돌아가시기 몇 달 전

나는 이상하게도 눈을 마주칠 수 없어
왜 당신의 막내아들을 처음 보는 사람처럼
쳐다보실까 생각한 적이 있지

눈이 그의 영혼이므로
사람은 죽을 때 두 눈을 감지
사랑을 할 때도 두 눈을 감지
독수리는 죽은 자의 두 눈을
가장 먼저 빼먹지

오래 쳐다본다는 것은 처음으로 보는 것
나는 발밑에 내려와 있는
햇볕을 내려다보고 있었고
그 사이 당신은 나의 무엇을 처음으로 보았나

눈이 그의 영혼이므로
한 사람의 눈빛은 쉽게 변하지 않지
그리고 오래 쳐다본 것들은 모두 고스란히
두 눈에 담아서 간다네
눈이 그의 영혼이므로

돼지고기일 뿐이다

식당에서 김치찌개를 먹는데
건진 돼지고기 한 점에
젖꼭지가 그대로 붙어 있다
젖꼭지는 마치 처음 만난 나에게
꾸벅 인사하는
아이의 머리통처럼 보인다
돼지의 젖꼭지는 몇 개일까
이것은 새끼를 먹이던
그중의 하나
밥뚜껑에 건져내놓고
다시 천천히 밥을 먹는다
그냥 돼지고기일 뿐이다
돼지고기일 뿐이다

하모니카 음악학원

나는 하모니카를 작은형에게서 배웠지
작은형은 지금 이 세상에 없다네
하모니카를 불 때마다 생각나는 것은
하모니카 연주는
그냥 숨 쉬듯 부는 것

무덤 속의 작은형은 이제 숨을 쉴 수 없어,
하모니카를 불 수 없지
대신 나는 무덤 앞에 앉아
하모니카를 부네
나는 지금도 작은형이 했던 말을
고스란히 기억하고
왼쪽에서 아홉번째 구멍이 도라는 걸
도미솔도는 불고
레파라시는 들이마신다는 걸

하모니카의 음계는
도레미파솔라시도가 아니라
도레미파솔라도시
연속 두 번 숨을 들이마셔야 하는 곳이 있지
어쩜 이것만 알면
하모니카는 다 배운 것
작은형은 악보를 보지 않고도

하모니카를 잘도 불었네
입술이 스스로 알아서 음을 찾아간다 했지
나도 이젠 악보를 보지 않고도
하모니카를 불 수 있고
작은형의 입술처럼 어떤 음도 더듬어
찾아갈 수 있고

연기의 시선

타다 남은 나무토막에서
길고 가는 연기가 오르고 있었다
사람들도
노랫소리도 떠난 뒤였다
연기는 골똘히
비좁은 허공으로 빨려 들어가고 있었다
연기의 행렬을 다른 연기가
따라가고 있었다
앞지르고 있었다
때론 흘러내리고 있었다
표정을 바꾸며
밧줄처럼 흔들리고 있었다
돌이킬 수 없는 무언가를
쓰고 있었다
춤을 추고 있었다
흔들리면서
곧게 오르려 하고 있었다
끈질기게 거부하고 있었다
흔들리는 연기를 자꾸만 무언가가
곧추세우고 있었다

햇빛야구

야구를 하다보면 종종 햇빛에 공을
잃어버리곤 하지
높이 뜬 공이 순간 공중에서 사라져버리는
태양이 멋모르고 꿀꺽 삼켜버렸다가
뭐 이런 맛이 다 있어 퉤, 뱉어버린
야바위꾼처럼 슬쩍 자기가 갖고 놀던 공과
바꿔치기하는

어느 공중에서는 공 대신
승객을 가득 실은 비행기 한 대가 감쪽같이
사라지기도 한다는데

배트에 맞은 공이 공중으로 치솟았다가 사라진 사이
주자는 재빨리 1루 베이스를 지나
2루 베이스로 향하고

잠깐 잠들었던 게 분명해!
공이 다시 눈앞에 나타났을 때
시간은 어떻게 공중에서 사라졌다가 생겨나는 걸까
공은 이미 글러브를 벗어나
생각지도 않은 먼 풀밭으로 굴러떨어지는데
그사이 주자는 전속력으로 2루 베이스를 지나 내쳐
3루 베이스까지 내달리고

연두

감잎이 짙어지기 전
감잎은 감잎의 마음이 있다
혓바늘 같은
소년의 연애편지 같은
감잎이 짙어지기 전
사랑해요
보고 싶어요
같은, 입맞춤!

짙어져 말문이 막히면
감잎은 지금 말하는 것보다
훨씬 많은 말들
원추리 꽃을 내가 말할 때
나에게 훨씬 많은 원추리 꽃이
있는 것과 같은
바로 그런 것

여름 내내
가슴에 매미 브로치를 달고
금속성 빛을 내는 감잎
그 감잎의 마음, 감잎의 산모롱이

감잎은 남고

나는 가는
오래오래, 그 한때

빈 박카스 병에 대한 명상

누가 떨어뜨렸는지
빈 박카스 병 하나 연신 버스 바닥을
굴러다닌다

왼쪽으로 커브를 틀면 도르르르
오른쪽으로,
오른쪽으로 커브를 틀면 도르르르 왼쪽으로,
브레이크를 밟으면 도르르르
앞으로 급히 불려간다

좌석 없는 유일한 승객처럼
손잡이를 놓친 승객처럼
이리저리 속도에 끌려 다니다
구석으로 내동댕이쳐진다

아무렇지도 않은 듯 승객들은 귤을 까먹고
스마트폰을 들여다보고 멍하니 창밖을 내다보고
등받이를 적당히 눕힌 채 자고 있다

버스가 천천히 커브를 틀자
뭣도 움켜쥘 수 없는 박카스 병이 이번에는
왼쪽을 놓치고 오른쪽으로
도르르르 구르는 소리가 들린다

옛일

아버지가 돌아가시자 어머니는
기르던 개를 데리고
큰형님 집으로 거처를 옮겼다
살던 집은
빈집이 되었다

차에 실려가는 동안 개는
밖을 넘겨다봤다
하지만 개는 지나온
길을 다 기억할 수는 없었다

아버지는 생전
그 늙은 개를
월동아, 하고 불렀다

어떤 글자

이제 막 글을 배우기 시작한
다섯 살 딸을 위해
아내가 집안 물건에 일일이 글자를 써붙여놓았다

어린 딸은 언제쯤 가족사진을 가족사진이라고
책장을 책장이라고, 냉장고를 냉장고라고
화분을 화분이라고 읽게 될까
가족사진과 책장과 냉장고와 전신거울과 소파,
상처가 고무가 되는 벵갈고무나무,
고무나무가 살고 있는 흰 화분을 알게 될까

아내 대신 밥을 안쳐놓고
눈을 맞으며 밀린 관리비를 납부하러 은행에 간다
겨울나무에 써붙여져 있는 겨울나무
공터에 써붙여져 있는 공터
개에 써붙여져 있는 개
함박눈에 써붙여져 있는 함박눈이라는
글자가 보였다
폐지를 줍는 할머니 등에 써붙여진 할머니라는 글자
그 옆을 뒤뚱거리며 지나가는 임산부의 둥근 배에
임산부라고 써붙여진 글자도 보였다
태아라는 작은 글자도 보였다
그리고 도저히 글자를 써붙일 수 없는

것들도 보였다

된장

그는 고향에 내려가

노모와 함께 된장을 담가 팔았다

노모는 함경도 분이라 했다

멀리 홍연암 약수를 길어다 썼다

몸에선 불내와 부석태 삶는 냄새가 났다

볕 좋은 날은 삼베 천을 씌워 일일이 장독을

열어두었다

행주를 짜 장독을 닦았다

노모는 세상을 떠났고 그도 고향을 떴다

소식을 모른다

모면

화분 밑으로
분비물처럼 흰, 잔뿌리가 비어져 나와 있다

태연한 척 했다

커튼 밑으로 남자의
두 발이 보였다

꽃과 집 사이

나는 혼자여서 웃었습니다

그래서 나는 또 웃었습니다

그래서 온도계가 만들어졌겠지만

온도계를 만들려면

온도가 무엇인지 알아야겠지만

온도를 알려면 또 온도계가 필요하겠지만

온도가 무엇인지

나는 도무지 알 길이 없습니다

바위 위

온종일 앉아만 있다가 돌아갑니다

온도계의 눈금 하나가

내려갔습니다

시클라멘

화분에 붉은 꽃대 두 주가
나란히 올라와 서 있다
혼례를 올리는
신랑 신부 같다

신랑은 신부를, 신부는 신랑을
아내와 남편으로 받아들이고 영원히 사랑하겠느뇨?
주례목사가 되어 나는 묻고
눈먼 신부가 울음을 터뜨렸는지
꽃 이파리의
뒷등이 흔들렸다
키 작은 신랑의 어깨도 흔들렸다

오늘은 눈이 부시게 좋은 날!
부케를 던지고
가까운 온천에 신혼여행이라도 다녀와야지

꽃이 피었다가 지는 사이,
저 캄캄한 꽃들에게도
평생 지켜야 할 약속이
생겼다

뱀

보이는 것이 짧으면

보이지 않는 것은

길다

밤의 주차장

아파트 뒤켠 주차장 옆에
복사꽃 한 대가 며칠째 주차돼 있다
이사라도 온 걸까
산후조리 하는 딸을 위해 먼 고향집에서
친정어머니라도 오신 걸까
간밤 잠결엔 갓난아기 울음소리를
들은 것도 같다
점심엔 시내 마트에 가서 국수를 사가지고 와
주차장에 차를 대다가
복사꽃의 범퍼를 슬쩍 긁고 말았다
연락처를 붙여 놓았다
열흘이 지나도록 연락이 없다
자정 무렵, 담배나 피울 겸 뒤켠 주차장에 내려가보니
복사꽃은 온데간데없고
모범택시 한 대가 그 자리를
대신하고 있다
시동이 꺼져 있는데
차가 저 혼자 흔들거린다
어둠 속에 묻힌 복사나무 안을 슬며시 들여다보다가
놀란 두 얼굴과 딱 마주쳤다
잡것들!
피식, 허공에 담배불똥을 털며
집으로 들어온다

우는 집

아버지 돌아가시고
혼자된 어머니가 형님 댁에 가 계신지 두 달이 되었다

텅 빈 고향집에 그냥 전화를 걸어본다
이 밤, 불도 켜지지 않은 그곳엔 아무 받는 이가 없다

손을 내려놓을 수가 없다
빈집은 한동안 저 혼자서 운다
하나 달랠 이 없는 늦은 밤의 기별을
느껴 듣고,
사려 재우고 있다
집은 한 채 더 깊은 어둠을 쌓아두고
뒤안의 장독대 같은, 처마 밑 쌓여 있는 장작더미 같은,
개켜놓은 몇 채의 묵은 솜이불 같은
수굿함으로
열 번, 스무 번 벨소리를 헤아린다

집은 울음 끝을 따라
방마다 뒤척이는 불을 지펴올린다
늦은 밤, 고향집엔 난데없이
희미한 불빛이 새어나오고
집의 모든 내력이 옹기종기 아랫목에 모여
서로를 다독일 쯤,

빈집은 그제야 쉬 그칠 것 같지 않던
울음을 뚝, 멈추었다

꽃다발

배롱나무의 꽃이 지고 있다
배롱나무의 꽃은 너무나 아름다웠다
저녁마다 숱한 꽃다발을 내게 바쳤으나
나는 그걸 다 받아주지 못했다
사랑한다는 것은 꽃다발을 바치는 것
저녁 늦게까지 온몸이 꽃다발이 되어
들고 서 있는 것

그럴 때 배롱나무는 얼마나 많은
감정을 갖고 있었을까
꽃들은 지나온 시간의 모든 것을 품은 채
떨어져 있다
밑동을 만지면
먼 가지의 꽃이 흔들리던 나무
바닥의 꽃들은 아직 붉고
바람은 그늘 속에 엎드려
미루어놓은 말들로 중얼거리고

지난 것은 다 진 것일까
나도 한때 누군가를 위해 꽃 한 다발을 들고
오래오래 문밖에 서 있었던 적이 있었다고
빈손의, 어둠에 몰두해 있는
배롱나무에게

얼음옷

미처 거두지 못한 배추들이
추레한 행색으로 겨울밭 한가운데 앉아 있다
옷을 몇 겹이나 껴입었는지
누렇게 해진 옷 속으로 또 몇 겹의
낡은 옷이 얼비친다
누더기를 벗겨본다
한 겹, 두 겹, 세 겹, 네 겹……
몸은 얼어 있고
옷은 종잇장처럼 얇아져 있다
삼동(三冬)을 나기 위해 배추는 지난가을부터
푸른 잎사귀의 옷을 껴입었다
머리띠를 둘렀다
남의 옷을 벗겨가는 종자(種子)는
인간뿐이다
배추 속 한가운데 어린 배추가
목숨처럼
웅크리고 있다

소태나무

그녀와 나 사이에는
커다란 소태나무 한 그루가 있다

수숫빛 그늘을 치는 소태나무에게 갈 때면
그늘 밖 내가 소태나무까지 가는 길이 너무 멀어
가는 동안 내내
속이 훤히 내다뵌다

소태나무 속은 쉬 어둡고
먼저 온 그녀는 온종일 쓴 입맛을 다신다
눈먼 새들이 계절 밖에 나가
눈먼 알을 낳고 눈먼 새끼를 데려오는 동안
소태나무 밑에서 그녀와 나의
초조한 발자국이 여럿

소태나무 아래 돌벤치로 잎새가 지고
가랑이를 오므린 그녀와 내가 나란히 앉아
소태나무의 그 입맛으로
피고 진 꽃도 없이
그녀와 나의 입맞춤도 쓰고
온기도, 포옹도 쓸 터이니

무엇일까

오늘도 그림자 드리우는 너의 말은
먼데서 어줍고

그녀와 나 사이에는
커다란 소태나무 한 그루

물 없는 계곡의 돌들

계곡은 말라 있다
마른 풀 위로 새 풀이 돋아 있다

염소를 잡던 곳
갈아놓은 칼을 옆에 놓고
아버지가 염소의 입에 소금을
우겨 넣던 곳
짜고 처절한 울음소리가 묻혀 있던,

가장 약해져 있을 때
가장 매몰찬 방법으로 설욕하고야 마는
시간처럼
마른 풀 위의 독기어린 새 풀
아버지 입에 소금을 우겨넣는
검은 염소들

핏물은 상류로부터 자꾸만
흘러내려온다
물 없는 계곡의 돌 틈 사이로

그늘에서 그늘로 느리게 움직이는 핏물
음매애, 울음을 틀어놓고 있는
계곡

꽉 잠기지 않는 물은 잠시 쉬었다
다시 흐른다
피가 다 빠질 때까지

서우(暑雨)

매실이 얼마나 익었나

우두커니 방에 앉아 비의 이름을 짓네
매실이 익는 비
매실을 보내는 비

떨어져 온종일
한쪽 볼을 바닥에 기대고 있노라면
볼이 물러지고
녹아, 썩어 없어지는

올해도 나무는
들고 있던 꽃을 놓치고
애지중지 열매를 또 놓치고

시큼달큼,
이 비는 언제나 그칠까
매실이 가고 없는 가지 끝 허공엔

잎만
빗소리만

그냥 한참 울다 가야 할 것들

유성호(문학평론가)

1

　지난 시집의 마지막 쪽에서 고영민은 "앞으로/내게 남은 일은/오직 뒷걸음질뿐"(「시인의 말」, 『사슴공원에서』, 창비, 2012)이라는 심중한 고백 혹은 다짐을 한 바 있다. 얼핏 반대편에서 울리는 것처럼 들리는 '앞으로'와 '뒷걸음질'이라는 대극적 표현은, 선연하고도 깊은 회감(回感) 작용을 통해 가장 근원적인 기억에 가닿고자 하는 서정시의 제일의적 기능에 대한 야심 찬 도전의 함의를 지닌다. 아닌 게 아니라 신작 시집 『구구』에서 고영민은 일견 심리적 퇴행으로 보일 수도 있는 '뒷걸음질'이 "가질 수도 버릴 수도 없는"(「시인의 말」) 세계를 힘겹게 수습하는 과정임을 선명하게 보여준다. 물론 그것은 그가 '앞으로' 써갈 '시'와 '앞으로' 살아갈 '삶' 모두에 걸쳐 있는 문제일 것이다. 그렇게 고영민은 자신이 지나온 시간들을 회상하고 되살리는 과정을 통해 견고하고 아름다운 실존적 자기완성을 도모하면서, 그 스스로에게는 중요한 성찰의 계기를 마련해간다. 그리고 그 과정은 더없이 진정성을 갖춘 주체가 들려주는 자기 탐색의 목소리로 우리에게 다가오고 있다.

　주지하듯 서정시는 흘러가는 시간과 그 안에서 고유한 실존을 구성하려는 시인 자신의 생의 형식에 관한 노래이다. 그 안에는 세계 내적 존재로서의 자기 운명에 대한 응시와 확인 그리고 성찰의 과정이 다 함께 녹아 있다. 그 표면에는 몸속 깊이 새겨져 있을 상처들이 언어의 육체를 입은 채 나타나고, 그 이면에는 그 상처들을 다스려가는 고투의 시간이 관류하게 마련이다. 물론 이때 '시간'이란 누구에게나 평등하게 주어진 물리적인 것이 아니라 내면의 흐름으로만 경험되는 심리적 실체이고, 따라서 우리는 모두 자신만의 시간 단위를 가지고 자신이 처한 실존적 정황을 감각적으로 현재화해간다. 고영민의 경우, 그것은 자기실현을 끊임없이 유예하면서 몸속에 수많은 흔적들을 새겨가는 파문과 같은 것인데, 그래서 그에게 시간이란 미래를 앞당기는 전망의 원리가 아니라 자신의 현존을 환기하는 기억의 원리로만 줄곧 나타난다. 그만큼 그는 자신의 현재적 조건에 육체를 입히는 방법으로 시간을 취택하고, 이번 시집의 경개(景槪)로 하여금 이러한 시간(성)의 형식으로 채워져가게끔 하고 있는 것이다.

2

먼저 고영민 시학을 떠받치는 서정적 기조는 '사랑'의 현상학에 있다고 할 수 있다. 마음의 순정한 흐름을 따라 고영민은 가장 깊은 의미에서의 타자를 향한 사랑을 회억(回憶)하면서 동시에 그것을 완성해간다. 서정시에서 다루어지는 '사랑'이란 대체로 어떤 시간 다음의 사후적(事後的) 기억

을 통해 인지되고 각인되게 마련인데, 그래서 우리는 상이
한 시간 경험에 비추어 저마다 다른 사랑의 방식에 가닿게
된다. 고영민은 지난날에 관한 기억을 바탕으로 고통과 방
황, 상처와 그리움의 시간을 재구성함으로써 자신만의 고유
한 사랑의 서사를 펼쳐낸다. 이를 통해 그는 스스로의 존재
확인을 가능케 하는 순간을 발견하고 표현하는 것이다. 다
음 작품을 읽어보자.

늦은 저녁, 텅 빈 학교 운동장에 나가
철봉에 매달려본다

너는 너를
있는 힘껏 당겨본 적이 있는가
끌려오지 않는 너를 잡고
스스로의 힘으로
끌려가본 적이 있는가

당기면 당길수록 너는 가만히 있고
오늘도 힘이 부쳐
내가 너에게
부들부들 떨면서 가는 길

허공 중 디딜 계단도 없이

너에게 매달려 목을 걸고
핏발 선 너의 너머 힘들게 한번
넘겨다본 적이 있는가

—「사랑」 전문

　원래 '사랑'이란 인간 욕망의 한 형식이자, 항구적으로 충족 불가능한 에너지의 흐름이다. 이 호환할 수 없는 격정의 파토스(pathos)는, 말할 것도 없이 자기 회귀적인 것이 아니라 상호 소통을 열망하는 어떤 것이다. 하지만 서정시에서의 사랑은 '짝사랑'이나 '외사랑' 같은, 말하자면 부재하는 대상을 향한 일방적 말 건넴의 형식으로 나타나는 경우가 많다. 그만큼 사랑시의 모티프는 대상의 결여 혹은 부재의 비애 속에서 발원한다. 고영민의 경우도 '당김'과 '끌림'의 연속으로서의 사랑을 노래하는데, 이를테면 그는 모든 것이 잦아든 소멸의 시공간("늦은 저녁""텅 빈 학교 운동장")에서 철봉에 매달려 스스로를 당겨봄으로써 그 부재의 형식을 사유하고 표현한다. 사랑의 형식이란 스스로를 힘껏 당겨보거나 스스로의 힘으로 끌려가보는 것이 아닌가. 하지만 시인은 당기면 당길수록 힘이 부쳤고, 대상은 끝없이 가까워지지 않는 부재의 형식을 확인해줄 뿐이었다. 그렇게 '사랑'이란 철봉에 매달려 "내가 너에게/부들부들 떨면서 가는 길"이었고, 아니 철봉이 아니라 '너'에게 매달려 힘들게 넘겨다본 기억이었던 셈이다. 고영민은 이처럼 불가능한 사

랑과 불가피한 사랑 사이에서 불가항력의 지속성을 사유한
다. 이러한 사랑의 현상학을 노래할 때 그는 "돌이킬 수 없
는 무언가를/쓰고"(「연기의 시선」) 있으면서 꼭 "그곳에서/
옛날의 얼굴로/울면서 옛날의 얼굴로"(「반가사유」) 서 있
을 것만 같다.

　　　바람이 몹시 불던
　　　어느 봄날 저녁이었다

　　　그녀의 집 대문 앞에
　　　빈 스티로폼 박스가
　　　바람에 이리저리 뒹굴고 있었다

　　　밤새 그리 뒹굴 것 같아
　　　커다란 돌멩이 하나 주워와
　　　그 안에
　　　넣어주었다
　　　　　　　　　　　　　　　　　—「첫사랑」 전문

　사랑의 은유로서 이렇게 애틋하고 구체적인 형상을 만나
기란 결코 쉽지 않을 것이다. 봄바람이 부는 어스름 시간,
마치 이은상의 「그 집 앞」에서처럼, 사랑하는 대상 근처를
서성이는 마음 하나가 있다. 그때 그의 시선으로 들어오는

것은 "빈 스티로폼 박스"가 바람에 이리저리 뒹구는 모습이
다. 이는 물론 불안하게 그녀 집 대문 앞을 맴돌던 그 자신
의 분신일 것이다. 그 빈 박스가 밤새 맴돌거나 뒹굴 것 같
아 "커다란 돌멩이 하나 주워와/그 안에/넣어주"는 마음에
는, 그 (첫)사랑을 '비어 있음'에서 '차 있음'으로, '스티로
폼 박스'에서 '커다란 돌멩이'로 각인하려는 시인의 예민하
고도 아스라한 정성이 담겨 있다. 이제 돌을 품은 그 박스는
그가 떠난 뒤에도 밤새 그녀 집 대문 앞을 굳게 지켰을 것이
다. "찾아갔으나 만나지 못해/돌아서야 했던 저녁과/찾아
왔으나/만나지 못하고 끝내 돌아가야 했던/저녁"(「꽃나무
를 나설 때」)의 연속이었을 그 (첫)사랑에 대한 기억은, 시
인으로 하여금 애련한 고백을 수반하게 하면서 "덜고 더할
것 없는 담결한/소용들"(「노을」)을 그려가게끔 한 것이다.

　이처럼 서정시는 지나간 시간에 대한 기억과 현재적 응
시를 통합한 순간적 점화(點火)의 기록이다. 이러한 속성
을 두루 갖추고 있는 고영민 시편은 아름다운 존재론적 서
사를 오랜 세월로부터 불러내면서, 그 안에서 자신의 가장
순수하고 아름다웠던 사랑의 기억들을 자신의 몸과 마음과
영혼 속에 채록해간다. 오랜 것들을 충일한 현재형으로 만
들어버리는 애잔하고도 아름다운 '시적 순간'이 아닐 수 없
을 것이다.

3

앞에서도 강조하였듯이, 기억이란 과거에 대한 사실적 재현이 아니라 시인의 현재형에 의해 선택되고 재구성되는 어떤 것이다. 그 점에서 서정시에 선택되고 배열되는 기억이란 현재 시인이 갈망하는 생의 형식을 고스란히 담아내게 마련이다. 고영민이 재현하는 기억 역시 지금의 자신이 상실하고 살아가는 가장 아름다운 원형에 대한 그리움에서 발원하는 것일 터이다. 고영민 시편은 그러한 자신의 존재론적 기원과 궁극에 대해 사유하고 표현함으로써, 나르시시즘을 넘어서 일종의 형이상학적 순간을 탐구하는 품을 깊고도 넓게 보여준다. 순연한 기억 속에 있던 그 순간들은 수직의 축으로 초점을 옮기면서 시인 자신의 존재론적 기원을 적극 호출해간다. 시인이 행하는 회감의 가장 깊은 곳에 원초적이고 궁극적인 지성소(至聖所)로서의 가족이 놓이는 순간이 그때 찾아온다.

마당가엔 라일락이 피고 뒷산에선 뻐꾸기가 울었다
볕이 좋아 아내는 이불 빨래를 널었다
병든 아버지를 위해 나는 수돗가에서 닭을 잡았다
더 마르기 전에 모습을 남겨두어야 한다며
아버지는 대문간 옆에 양복 상의만 갖춰 입고 마당으로 걸어나왔다

맨발에 슬리퍼를 신은 아버지는 웃고
백숙은 솥에서 저 혼자 끓고
—하지만 백숙은 살이 녹을 때까지 더 오래 끓이는 것
나는 아버지의 얼굴 속에 5월의 라일락과 뻐꾸기 소리,
우아하게 지붕 위로 날아오르는 구름을 담고자 찰칵찰칵
셔터를 눌렀다
그리고 모여 백숙을 먹었다

—「백숙」 전문

피붙이의 삶과 죽음이란 누구에게나 가장 깊은 기억의 뿌리이자, 지난 시간을 직접 거슬러오를 수 있게 하는 일차적 실재일 것이다. 이때 시간을 거슬러오르는 기억은 지난 시간들을 원초적 경험의 형식으로 복원하고 동시에 그것을 현재와 연루하는 적극적 행위로 몸을 바꾼다. 고영민은 바로 그러한 기억 작용을 통해 자신의 가파른 존재론적 기원을 노래한다. 가령 시인은 오래전 볕이 좋았던 어느 날, 라일락이 피고 뻐꾸기가 울던 그때를 회상한다. 그는 그때 "병든 아버지"를 위해 닭을 잡고 백숙을 끓였다. 누구보다도 헌신적인 셰프가 되어 아버지의 마지막 잔영(殘影)을 잡으려 노력한 것이다. 아버지는 자신의 영정 사진이 될 순간을 위해 양복 상의만 입고 맨발에 슬리퍼를 신으신 채 아들이 찍는 사진에 포근히 그 모습을 담아주신다. 그때 시인은 "살이 녹을 때까지 더 오래 끓이는" 삶의 원리를 떠올리면서

아버지의 사진에 "라일락과 뻐꾸기 소리"를 소담하게 담아
간다. 아스라하지만 너무도 선명하게 "평생 숯을 굽고 화
전을 일궜던 아버지 목소리"(「화전민」)를 들으려는 몸짓이
었을 것이다.

아버지가 나를 오래 쳐다본 적이 있지
돌아가시기 몇 달 전

나는 이상하게도 눈을 마주칠 수 없어
왜 당신의 막내아들을 처음 보는 사람처럼
쳐다보실까 생각한 적이 있지

눈이 그의 영혼이므로
사람은 죽을 때 두 눈을 감지
사랑을 할 때도 두 눈을 감지
독수리는 죽은 자의 두 눈을
가장 먼저 빼먹지

오래 쳐다본다는 것은 처음으로 보는 것
나는 발밑에 내려와 있는
햇볕을 내려다보고 있었고
그 사이 당신은 나의 무엇을 처음으로 보았나

눈이 그의 영혼이므로
한 사람의 눈빛은 쉽게 변하지 않지
그리고 오래 쳐다본 것들은 모두 고스란히
두 눈에 담아서 간다네
눈이 그의 영혼이므로

—「눈의 사원」 전문

　기억 속의 '아버지'는 끝없는 파문을 그리면서 시인의 눈
가를 적신다. 언젠가 아버지가 자신을 오래도록 쳐다본 순
간을 떠올리면서 시인은 그 아버지의 '눈'이 담고 있었을 영
혼을 생각해본다. 그때가 "돌아가시기 몇 달 전"이었으니
시인으로서는 더욱이 아버지의 영혼이 못내 그리웠을 것이
다. 사람이 죽을 때 두 눈을 감거나 사랑할 때 두 눈을 감는
것도, 독수리가 죽은 자의 두 눈을 먼저 빼먹는 것도 '눈'에
지극한 영혼이 담겨 있기 때문이 아닌가. 이 발견의 순간은
시인에게 "시선(視線)이 밖으로만 향해"(「거울의 뒷면」) 있
던 것들을 현저하게 안쪽으로 안아들이는 순간이기도 했을
것이다. 그러니 아버지가 그토록 막내아들을 오래 쳐다본
것은 그야말로 아버지와 아들이 "처음으로" 영혼의 대화를
나누었던 순간인 셈이다. 그렇게 아버지는 "오래 쳐다본 것
들"을 모두 고스란히 두 눈에 담아 가셨고, 시인은 아버지
만 생각하면 "술을 먹어도, 글을 써도, 사람을 만나도/뭔가
할말을/다 못 하고 나온 것만"(「아버지를 기다린다」) 같은

— 느낌이 드는 것이다.

화구(火口)가 열리고

어머니가 나왔다

분쇄사의 손을 거친 어머니는

작은 오동나무 함에 담겨 있었다

함은 뜨거웠다

어머니를 받아 안았다

갓 태어난 어머니가

목 없이 잔뜩 으깨진 채

내 품안에서

응애, 첫울음을 터뜨렸다

―「출산」 전문

분쇄사의 손을 거쳐 화구를 나오신 '어머니'는 "작은 오동나무 함에 담겨" 계시다. 뜨거운 함에 들어 계신 어머니를 받아 안으니, 어머니는 마치 갓난아기처럼 새로운 첫울음을 터뜨리신다. 그야말로 "갓 태어난 어머니가" "그냥 숨쉬듯"(「하모니카 음악학원」) 형체도 없이 "떨어질 때 더 아름다운 꽃"(「밤 벚꽃」)처럼 새로운 삶을 열어가신다. 내내 고영민의 작지만 그칠 줄 모르는 울음소리가 들리는 듯하다. 이처럼 자기 기원을 향한 섬세하고도 아련하고도 뜨거운 기억들은 고영민 시학의 발생과 귀환의 확연한 거점이 된다. 그래서 그의 시는 현실 개입이나 실험 정신의 표현이 아니라, 기원을 향한 아득한 '뒷걸음질'을 통해 구체화된다. 그것은 궁극적이고 심원한 존재론적 비의(秘義)에 가닿으려는 노력에 의한 것이다. 내내 강조하였지만 그 '뒷걸음질'은 서정시가 가질 수 있는 역설적 전위로서의 태도가 아닐 수 없을 것이다.

4

무릇 시인이란 궁극적이고 본질적인 실재에 다가갈 수 없는 비극을 노래하면서, 그럼에도 불구하고 끊임없이 그 안에 흔적으로 숨쉬는 어떤 신성한 것들을 찾지 않고는 견딜 수 없는 슬픔을 가진 존재이다. 고영민은 이러한 한계에서 발원하는 간절함을 들려주는 동시에, 자신을 후경(後景)으로 두르고 있는 상처들을 재현함으로써 시인으로서의 비극적 존재론을 완성한다. 그 방법론은 다름아닌 '시'일 터인데, 아닌 게 아니라 이번 시집은 '시'에 대한 첨예한 자의식으로 충일하다. 그래서 그의 시편들은, '시' 혹은 '시 쓰기'에 대한 도전과 좌절을 동시에 고백하는 메타적 속성으로 가득하다. 사랑과 기원에 대한 소묘를 수행한 고영민은 그렇게 민감한 시적 자의식으로 자신의 목소리를 확장해간다.

그때 허공을 들어올렸던 흰 꽃들은 얼마나 찬란했던가 꺼지기 전 잠깐 더 밝은 빛을 내고 사라지는 촛불처럼 이제 흰 꽃의 흔적은 어디에도 없다 다만 그 자리에 검은 버찌가 달려 있을 뿐이다 가장 환한 것은 가장 어두운 것의 속셈, 버찌는 몸속에 검은 피를 담고 둥근 창문을 걸어잠근 채 잎새 사이에 숨어 있다 어떤 이는 이 나무 아래에서 미루었던 사랑을 고백하고 어떤 이는 날리는 꽃잎을 어깨로 받으며 폐지를 묶은 손수레와 함께 나무 아래를 천천히 걸었을 터, 누구도 이젠 저 열매의 전생이 눈부신 흰 꽃이었음을 짐작하지 못한다 지났기에 모든 전생은 다 아름다운 건가 하지만 한때 사랑의 이유였던 것이 어느 순간 이별의 이유가 되고 마는 것처럼 찬란을 뒤로한 채 꽃은 다시 어둠에서 시작해야 한다 흰 꽃은 지금

버쩌의 어디까지 와 있는 걸까 그리고 저 버쩌의 오늘은
얼마나 검은가

                 —「버쩌의 저녁」전문

   "허공을 들어올렸던 흰 꽃들"은 아마도 고영민이 상상하
고 실현하려는 '시'의 은유적 등가물일 것이다. 물론 그렇
게 찬란했던 것은 이제 "꺼지기 전 잠깐 더 밝은 빛을 내고
사라지는 촛불처럼" 흔적조차 없다. 다만 그 사라진 자리
에 "검은 버쩌"만이 그 찬란했던 순간들을 감각적으로 재
현하며 달려 있을 뿐이다. 이때 "가장 환한 것은 가장 어두
운 것의 속셈"이라는 잠언(箴言)이 시인의 내부로부터 솟
구치는데, "몸속에 검은 피를" 담은 버쩌야말로 그러한 고
백을 투사(投射)한 감각적 상관물인 셈이다. 그래서 우리
는 "열매의 전생이 눈부신 흰 꽃이었음"을 알게 되고, "한
때 사랑의 이유였던 것이 어느 순간 이별의 이유가 되고 마
는 것처럼" 찬란했던 순간들을 시적 원리로 받아들이게 된
다. 다시 어둠에서 모든 것을 시작하는 시인은, 그렇게 어
둠의 순간들이 다시 환한 빛을 쏘도록 만들어갈 것이다. 그
때 '검은 버쩌'는 '흰 꽃'의 미래가 되고, '흰 빛깔'은 '어둠'
의 숙주가 될 것이다. 그리고 그 환한 어둠이 "우리가 어른
이 될 때까지 비 맞고 눈 맞고 그 자리에 꼭꼭"(「공」) 숨어
있는 시간을 찾아내게 하고, 궁극에는 "갈 데도 없으면서
어딘가로 가고 있는"(「혼자 사는 개」) 삶을 충만한 현재형

131

— 으로 잡아낼 것이다.

　비둘기가 울 때마다 비둘기가 생겨난다

　비둘기는 아주 오래된 동네
　텅 빈 동네

　학교를 빠져나와 공중화장실에서
　긴 복대를 풀어놓고
　숨죽인 채 쌍둥이 사내애를 낳고 있는
　여고생
　빈 유모차를 밀며 공중화장실 옆을 지나는
　할머니 머리 위

　비둘기는 비둘기를 참을 수 없다
　밀려오는 요의(尿意)처럼
　누군가는 비둘기를 속속들이 알고 있다

　비둘기가 비둘기에게 물을 붓는다
　비둘기는 꺼질 리가 없다

　가질 수도 버릴 수도 없는 비둘기가 연신
　비둘기를 뱉어낸다

이 아름다운 표제작은 고영민 시학의 중요한 결절(結節)을 암시한다. 어쩌면 '구구'라는 청각의 메타포는 고영민 시학의 상징적 축도(縮圖)를 그려주는지도 모른다. 울음과 생성을 동시에 수행하는 '비둘기' 형상은 아주 오래되고 텅 빈 동네에서 일어났던 통증의 순간들을 담고 있다. 학교를 빠져나와 공중화장실에서 아기를 낳는 여고생이나 빈 유모차를 밀며 그 옆을 지나는 할머니는, 모두 오래되고도 아픈 여성성의 한순간을 온축한다. 그들 머리 위의 비둘기는 스스로를 참을 수 없어 스스로에게 물을 부으면서 "가질 수도 버릴 수도 없는" 세계를 뱉어낼 뿐이다. 그야말로 "그냥 한참 울다 가야 할 것들"(「누수」)의 세계가 그 안에 들어 있는 것이다. 그만큼 고영민은 타자를 향한 사랑의 기억을 넘어, 그 대상들을 탐구하고 연민하는 시학을 천착해간다. 그 점, 이번 시집이 나아간 확연한 미적 진경(進境)일 것이다. 그리고 고영민은 "늙은 팽나무엔 연초록 새잎이"(「개가 사라진 쪽」) 돋아날 때를 상상하면서 끊임없이 자신의 시를 확장해가고 또 열어갈 것이다.

두루 알려져 있듯이, 서정시의 기본적이고 원초적인 동기는 시인 스스로 자신의 삶을 살피고 돌아보는 침잠과 관조와 성찰의 의지에 있다. 이를 두고 자기 회귀 혹은 나르시시즘이라고 불러도 대체로 무방할 것이다. 하지만 이때 나르시시즘이란 일정하게 자기애를 기반으로 하면서도 자신에 대한 반성적 성찰을 동시에 행하는 역동적 실천을 말한다. 그때 그것을 가능하게 하는 것이 바로 시인의 원체험일 것이다. 아닌 게 아니라 시인들은 의식 깊이 숨겨진 원체험을 부단하게 변형하면서 자신만의 동일성을 구성해간다. 이때 원체험을 변형하는 데 시인의 기억이 활발한 매개 역할을 하는 것은 퍽 자연스러운 일일 것이다. 그렇게 원체험의 파생적 변형이 서정시의 중요한 원리가 되는 것처럼, 고영민은 자신의 원체험을 구체적 기억으로 환치하면서 끝없이 확장해간다.

  지금까지 우리가 읽어온 고영민 근작은, 사랑과 기억 속에서 자기 기원과 삶의 무한한 깊이에 대한 탐색을 수행함으로써 이러한 서정시의 높은 차원을 구현한다. 그것은 지난날에 대한 섬세한 회상과 기억의 형식을 취하면서, 시인이 순간적으로 탈환하려는 현재적 가치에 대한 욕망을 스스럼없이 담고 있다. 이것이야말로 가없는 고영민만의 고유한 서정이 아니겠는가. 지금처럼 서정의 귀환과 심화가 절실한 때에 고영민 시가 반갑고도 절절한 까닭도 여기에 있을 것이다. 그리고 우리는 이번 시집을 지나 "그냥 한참 울다 가야 할 것들"에 대한 지극한 사랑을 이어갈, "어쩌다 이 아랫녘,/호미(虎尾)의 바닷가까지 쫓겨 내려와"(「문어」) 살고 있는 고영민의 다음 시집을 그러한 신뢰와 기대로 기다리게 되는 것이다.

고영민 1968년 충남 서산에서 태어났다. 중앙대 문예창작학과를 졸업했다. 2002년 『문학사상』 신인상을 통해 등단했다. 시집으로 『악어』 『공손한 손』 『사슴공원에서』 등이 있다. 박재삼문학상을 수상했다.

문학동네시인선 073
구구
ⓒ 고영민 2015

1판 1쇄 2015년 10월 28일
1판 4쇄 2021년 7월 30일

지은이 | 고영민
책임편집 | 김민정
디자인 | 수류산방(樹流山房) 본문 디자인 | 유현아
마케팅 | 정민호 이숙재 우상욱 정경주
홍보 | 김희숙 함유지 김현지 이소정 이미희 박지원
제작 | 강신은 김동욱 임현식
제작처 | 영신사

펴낸곳 | (주)문학동네
펴낸이 | 염현숙
출판등록 | 1993년 10월 22일 제406-2003-000045호
주소 | 10881 경기도 파주시 회동길 210
전자우편 | editor@munhak.com
대표전화 | 031) 955-8888 팩스 | 031) 955-8855
문의전화 | 031) 955-3578(마케팅), 031) 955-2678(편집)
문학동네카페 | http://cafe.naver.com/mhdn
북클럽문학동네 | http://bookclubmunhak.com

ISBN 978-89-546-3735-0 03810

www.munhak.com
문학동네